LE BÊTISIER DES PROFS

Jérôme Duhamel est éditeur et journaliste. Il est l'auteur de plus de quarante livres, dont de nombreuses anthologies. Il participe régulièrement à l'émission *Le Fou du roi* sur France Inter.

JÉRÔME DUHAMEL

Le Bêtisier des profs

Les incroyables perles des enseignants
du primaire à la fac

ALBIN MICHEL

Maquette intérieure : Luc Doligez

TABLE DES MATIÈRES

À Raphaelle Costes

AVERTISSEMENT

Et puis d'abord, tout cela est de votre faute... Oui, de votre faute à vous, les profs !

Voici bientôt un an, fut mis à l'étal des librairies un livre à la couverture bariolée et au titre fort explicite : Les perles de l'école... Il s'agissait, pour que nul n'en ignore, d'un recueil de près de 200 pages dans lequel l'auteur avait pris un malin plaisir à relever toutes les loufoqueries, bourdes, bêtises, étourderies, ignorances, sottises et autres imbécillités que savent si bien proférer, par oral ou par écrit, les charmantes petites têtes blondes, brunes, châtains, noires ou rousses qui occupent, de gré ou de force, les bancs des écoles françaises. Autant de « perles » qu'il aurait été bien évidemment impossible de collationner sans l'active complicité de plusieurs générations de professeurs, d'instituteurs ou de responsables à divers titres d'établissements scolaires. Le succès de ces Perles de l'école a donc été le leur. Surtout le leur. Qu'ils en soient à nouveau chaleureusement remerciés.

Or, il se trouve que cet ouvrage proposait aussi, dans ses toutes dernières pages, un court chapitre intitulé « Le Bêtisier des professeurs », sur l'éternel principe de l'arroseur arrosé : il ne s'agissait plus alors de reproduire les idioties pondues par les élèves, mais bien au contraire de rapporter les âneries (et non des moindres !) dues à leurs bons maîtres...

Ce furent - naturellement - ces quelques perles professorales qui valurent à l'auteur le plus de réactions. Et là, surprise ! Dans leur grande majorité, les profs ne se plaignaient guère d'être ainsi épinglés, brocardés, un peu ridiculisés parfois, mais semblaient même en redemander ! « Pourquoi, disaient-ils en substance, ne pas réaliser tout un ouvrage qui ne serait consacré qu'à nos propres défaillances ? Qu'à nos bourdes, à nos fautes et à nos dérapages ? À nos erreurs de jugement ou nos errances de langage ? Après tout, sommes-nous autre chose, nous les profs, que d'anciens élèves (ils n'ont quand même pas été jusqu'à dire cancres) montés en graine et en grade ? »

L'occasion était trop belle de les prendre au mot et de leur réclamer la matière première de cet exercice d'auto-flagellation. On se doute bien que les élèves ont trop à faire avec leurs bêtises à eux pour être en mesure de tenir la comptabilité des « perles » de leurs professeurs : il fallait bien les réclamer à leurs propres auteurs...

Eh bien, chapeau ! Tous (ou presque) ont joué le jeu. Ont fait le compte de leurs pires sottises sans jamais (ou si rarement) se réfugier dans l'anonymat. Certains tenaient même, depuis des années, de petits carnets où ils notaient scrupuleusement toutes les aberrations dues à leurs collègues (on ne se moque bien que de ce qu'on aime !), à leurs supérieurs ou aux différents services administratifs qui embellissent la vie quotidienne des personnels de l'Éducation nationale.

L'auteur, une fois encore, n'eut plus qu'à fouiller dans cet amas d'informations toutes plus farfelues les unes que les autres, qu'à fouiner, classer et mettre en forme. Trier le bon grain de l'ivraie pour ne garder, bien sûr, que l'ivraie...

Il va de soi que personne, dans ce livre, n'est cité nommément. Que même les noms d'écoles, de lycées, de collèges, et les lieux où ils se trouvent, n'apparaissent pas. Car il ne faut pas s'y tromper : ces 192 pages se veulent un espace de gaieté, de rire, de bonne humeur. Sans aucun esprit critique ou revanchard. Avec un soupçon d'insolence et une pincée d'ironie, Dieu merci ! mais jamais aucun dédain - ou encore moins mépris.

L'enseignement actuel est confronté à de graves et réels problèmes (que les conversations de l'auteur avec les professeurs ont grandement contribué à éclairer), mais ceux-ci ne sont en rien l'objet de ce livre. Aucune thèse n'y est développée, aucune revendication formulée, aucune solution proposée. Admettons seulement que des centaines de profs ont peut-être voulu, en participant à l'élaboration de ce bouquin, faire leur cette phrase d'un autre Duhamel (Georges) : « L'humour est la politesse du désespoir... »

Jérôme Duhamel

En guise de
préface
...

BACCALAURÉAT

Si vous passez votre bachot ? Vous serez savante.
Vous saurez que l'estomac ressemble à une vieille
chaussette et pourquoi on a guillotiné Louis XVI.
Vous saurez gagner des guerres. Le maréchal Joffre
était bachelier.

Jean Giraudoux

Le baccalauréat est le certificat que donne
l'État et qui atteste à tous que le jeune Untel
ne sait absolument rien faire.

Paul Valéry

Baccalauréat... Le parchemin stérile par quoi l'on
fait une bourgeoisie de fonctionnaires
et de ratés...

Victor Marguerite

J'ai interdit à mes experts d'employer
l'expression « réforme du baccalauréat » : en
supprimant le mot, j'espère qu'on supprimera
la chose.

Olivier Guichard
(ancien ministre de l'Éducation nationale, en 1969)

Moi aussi, j'ai mes deux bacs. Mon
bac d'eau chaude et mon bac d'eau
froide.

Paul Bocuse

CANCRE

Soudain le fou rire le prend
et il efface tout
les chiffres et les mots
les dates et les noms
les phrases et les pièges
et malgré les menaces du maître
sous les huées des enfants prodiges
avec des craies de toutes les couleurs
sur le tableau noir du malheur
il dessine le visage du bonheur.

Jacques Prévert

CHIMIE

*Est-il nécessaire d'observer que cette vaste
science (la chimie) est absolument déplacée
dans un enseignement général ? A quoi sert-
elle pour le ministre, pour le magistrat, pour le
militaire, pour le marin, pour le négociant ?*

Joseph de Maistre

Je me suis toujours trouvé très bien
d'ignorer la physique et la chimie ;
j'en ai les idées plus claires, et je ne
perds point de temps à changer de
systèmes.

Louis Veuillot

DIPLÔMES

Je n'hésite pas à le déclarer, le diplôme est l'ennemi mortel de la culture.

Paul Valéry

Mieux vaut un bon métier qu'un diplôme sans débouchés.

Jacques Chirac

ÉCHEC

L'échec, c'est la réussite du con.

San-Antonio (Frédéric Dard)

ÉCOLE

Il arrive souvent, hélas, que les enfants grandissent : ils s'alphabêtifient, passant par le laminoir de l'école d'ousqu'ils sortent tout raplaplatis, ils n'ont plus envie de jouer avec les mots, ça non, ils s'en servent comme tout le monde, comme on bosse et comme on vote, leur langue a été rabotée, râpée, menuiserie sévère de série, triste langue de bois et phraséologie pâteuse, assemblage de mots raides qu'on ne regarde plus, qu'on ne sent, qu'on ne goûte, qu'on n'interroge plus.

P. Ziegelmeyer et J-B. Thirion

Écoles : établissements où l'on apprend à des enfants ce qu'il leur est indispensable de savoir pour devenir des professeurs.

Sacha Guitry

L'école a besoin d'être aimée. Elle souffre d'être suspectée.

Jacques Chirac

ÉCOLE LAÏQUE

On pardonnerait à l'instruction d'être laïque, si elle n'était pas obligatoire. On lui pardonne d'être gratuite, parce qu'elle n'en vaut pas davantage.

Georges Elgozy

ÉCOLE NORMALE

Il est laïque et intelligent comme on l'est à Normale, c'est-à-dire au bord d'être con à force d'avoir une cervelle dégourdie.

Jean Cau

« Mieux vaut tête bien faite que tête bien pleine » : Montaigne signifie par là qu'une jeune fille réussit mieux dans la vie en sortant de chez le coiffeur qu'en sortant de Normale.

Claude Robert

Vous parlerais-je des écoles normales de filles ?
Ces malheureuses enfants n'ont aucune religion, et
professent un athéisme révoltant. Elles ont, de plus,
la frénésie du vice.

Jean de Dompierre

ÉDUCATION

*Comment se fait-il que tant d'enfants étant si
intelligents, tant d'adultes soient si bêtes ? Cela doit
tenir à l'éducation.*

Alexandre Dumas fils

Tout est dans l'éducation. La pêche était
autrefois une amande amère ; le chou-fleur
n'est qu'un chou qui est allé à l'université.

Mark Twain

ÉGALITÉ DES CHANCES

*L'égalité des chances, c'est pour ceux qui ont de la
chance...*

Denis Guedj

ENFANTS

La jeunesse ? Une merveilleuse chose ! Mais quel
crime de la laisser gaspiller par les enfants !

Jacques Deval

Un homme qui déteste
les enfants et les chiens ne
peut pas être tout à fait
mauvais.

W.C. Fields

La première partie de notre vie est gâchée par
nos parents et la seconde par nos enfants.

Clarence Darrow

ENSEIGNANT

Celui qui peut, agit. Celui qui ne peut pas,
enseigne.

George Bernard Shaw

On ne peut pas être enseignant si on n'est pas
de gauche.

André Henry
(ancien ministre du Temps libre, en 1981)

ÉTUDIANTS

Ce ne sont pas des médiateurs qu'il faut
envoyer dans les universités, mais des
maquignons qui discuteront centime par
centime avec les étudiants.

Jacques Chirac

ÉTUDES

Vous savez maintenant ce que j'en pense de vos études. De votre gâtisme. De votre propagande. De vos livres. De vos classes puantes et de vos cancres masturbés. De vos cabinets pleins de merde et de vos chahuteurs sournois, de vos normaliens verdâtres et lunettards, de vos polytechniciens poseurs, de vos centraux confits dans la bourgeoisie, de vos médecins voleurs et de vos juges véreux... Bon sang... Parlez-moi d'un bon match de boxe... C'est truqué aussi mais au moins ça soulage.

Boris Vian

EXAMENS

Quels sont vos objectifs ?
– D'abord saboter les examens et faire en sorte que les conditions d'enseignement cessent de préparer les jeunes à l'intégration dans une hiérarchie sociale. Il ne s'agit pas seulement des étudiants. Il s'agit de démolir complètement les cadres de la société actuelle.
– Par quoi les remplacerez-vous ?
– Nous ne savons pas encore. Nous commencerons par détruire et, petit à petit, l'action nous apprendra ce qu'il faut construire.

Daniel Cohn-Bendit

L'Europe est le pays du passé. Les étudiants y subissent encore des examens comme au Moyen Âge. Petit à petit, pourtant, les enfants prennent conscience des nécessités de leur époque. Ils ont battu la directrice d'un lycée de filles, ils ont bouclé un proviseur, ils ferment la porte des écoles. Tous les espoirs sont autorisés.

Alexandre Vialatte

FONCTIONNAIRES

Je trouve stupéfiant qu'en France on vous dise maintenant que, pour enseigner, il faut être obligatoirement fonctionnaire.

Jacques Chirac

FORMATION

Le pire avorteur est celui qui tente de former le caractère d'un enfant.

George Bernard Shaw

FRANÇAIS

Les professeurs de lettres connaissent de la littérature ce que les prostituées connaissent de l'amour.

Georges Wolfromm

GÉOMÉTRIE

Oui, nous avons besoin d'un centre carré !

Pierre Méhaignerie

~~INSTI~~TUTEURS

Les instituteurs de l'école élémentaire me faisaient penser à des adjudants et les professeurs du lycée à des lieutenants. Quand quelqu'un peut marcher en rangs bien ordonnés au son d'une musique, alors le mépris s'éveille déjà en moi ; il n'a reçu son cerveau que par erreur, puisqu'on aurait pu se contenter de lui fournir la moelle épinière.

Albert Einstein

J'ai la nostalgie des instituteurs de jadis qui, tel mon grand-père, inculquaient aux enfants des valeurs tout à fait élémentaires : la probité, la décence.

Jacques Chirac

INSTITUTRICES

– Alors ? pourquoi tu veux l'être, institutrice ?
– Pour faire chier les mômes, répondit Zazie.

Raymond Queneau

On a tellement multiplié les brevets d'institutrice, qu'il n'y a plus de places pour toutes les jeunes filles qui en sont pourvues. Que deviennent celles qui n'ont pas de place ? Elles tombent dans la galanterie vénale ou dans une affreuse misère, qui les conduit au suicide.

Louis Proal

INSTRUCTION

C'est drôle comme les gens qui se croient instruits éprouvent le besoin de faire chier le monde.

Boris Vian

Laissons l'instruction aux sots. Une petite qui aurait obtenu quelque diplôme, eût-elle par la suite oublié tout ce qu'elle a appris, il me semble qu'il resterait toujours en elle, comme dans un vase charmant qui contint un jour un liquide nauséabond, la mauvaise odeur de la demi-science qu'elle a jadis ingurgitée.

Henry de Montherlant

S'instruire, apprendre à lire et jouer de la musique, cela contribue à corrompre la jeunesse.

Ayatollah Ali Khamenei

L'instruction, si tu l'as, tu peux exploiter les autres. Si tu l'as pas, tu peux exploiter que les gonzesses.

Dialogues du film « Le Chemin des écoliers »

Quant au bon peuple, l'instruction gratuite et obligatoire l'achèvera.

Gustave Flaubert

L'instruction rend l'ouvrier orgueilleux ; elle lui permet de fausser ses idées dans des livres pervers, et de dépraver son cœur dans la lecture des romans ; elle le dégoûte du métier ; elle lui inspire la haine des supériorités, et le pousse dans toutes les aventures. C'est un fait statistique, que la population des villes est, en France, la moins morale, et celle qui donne les plus grandes craintes pour l'ordre social. Cependant elle sait lire, écrire et compter.

Révérend Père AT,
La Question ouvrière d'après l'Évangile, 1876

IGNORANCE

L'essentiel est moins de produire des masses éclairées que de produire de grands génies et un public capable de les comprendre : si l'ignorance des masses est une condition nécessaire pour cela, tant pis !

Ernest Renan

INTELLIGENCE

Certains croient que le génie est héréditaire. Les autres n'ont pas d'enfants.

Marcel Achard

Les moyens de développer l'intelligence ont augmenté le nombre des imbéciles.

Francis Picabia

LANGUES ÉTRANGÈRES

Les Français croient qu'ils parlent bien le français parce qu'ils ne parlent aucune langue étrangère.

Tristan Bernard

L'espagnol et l'italien ne servent guère qu'à lire des ouvrages dangereux et capables d'augmenter les défauts des femmes ; il y a beaucoup plus à perdre qu'à gagner dans cette étude.

Fénelon

La langue anglaise est un galimatias de plusieurs autres.

Voltaire

LECTURE–ÉCRITURE

Vous êtes faits pour apprendre à lire, à écrire et à compter. Apprenez-leur donc [aux enfants] à lire, à écrire et à compter. Ce n'est pas seulement très utile, c'est la base de tout.

Charles Péguy

Qu'est-ce qu'un homme qui sait lire et écrire, j'entends un homme qui ne sait rien de plus ? Un animal stupide et présomptueux.

Ernest Renan

MATHÉMATIQUES

Pour être franc, ça me cassait les bonbons, ces histoires de maths...

Jacques Chirac

Deux et deux font-ils quatre ? J'en doute fort, si j'additionne deux lampes et deux fauteuils.

Jean Cocteau

Dans les meetings, jadis, j'expliquais que 2 x 2 égale parfois 5. Quelquefois, lorsqu'on se trompe, ça peut faire 3.

François Mitterrand

Un kilo de plume ne pèse plus autant qu'un kilo de plomb.

Le Nouvel Observateur, 12 mai 1994

L'étude des mathématiques, en comprimant la sensibilité et l'imagination, rend quelquefois l'explosion des passions terrible.

Mgr Dupanloup

Le calcul décimal peut convenir à un peuple mercantile, mais il n'est ni beau ni commode dans les autres rapports de la vie, et dans les équations célestes. La nature l'emploie rarement : il gêne l'année et le cours du soleil...

François-René de Châteaubriand

NOTES

Celui qui peut attribuer un chiffre à un texte est un con.

Slogan Sorbonne, Mai 68

ORTHOGRAPHE

Elle m'avait dit un jour :
– Chéri, est-ce que tu savais qu'oroscope,
ydrogène, ypocrite et arpie ne sont pas dans le
dictionnaire ?

Sacha Guitry

PARENTS

Parents : individus falots dont la fonction consiste à engendrer des étudiants. Démission des parents : action consistant à donner beaucoup d'argent de poche et peu de gifles.

Jean Dutourd

Un des plus clairs effets de la présence d'un enfant dans le ménage est de rendre complètement idiots de braves parents qui, sans lui, n'eussent peut-être été que de simples imbéciles.

Georges Courteline

Parents d'élèves

Les parents, c'est la plaie. Je veux dire les parents dans le coup, qui connaissent les carrières et les débouchés, qui savent d'avance ce qui est bon pour le môme, et se battent pour qu'il y arrive, mort ou vif. La plaie des conseils de classe. La terreur des profs. Se sont projetés sur leur gosse, ont reporté sur lui leurs ambitions dignes, leurs rêves avortés. Comme au football. Allez les verts !...
Et, merde, foutez-leur donc la paix à vos mômes ! Vous les avez faits, les avez nourris, on ne vous demande rien de plus. Au-delà, c'est de l'appropriation, de l'ersatz de métempsycose, du viol de personnalité.

François Cavanna

Philosophie

Philosophie : itinéraire composé de plusieurs routes qui mènent de nulle part à rien.

Ambroise Bierce

Quand un philosophe vous répond, on ne comprend plus ce qu'on lui avait demandé.

André Gide

Avant de penser, il faut étudier. Seuls les philosophes pensent avant d'étudier.

Gaston Bachelard

La philosophie est comme la Russie : pleine de marécages et souvent envahie par les Allemands.

Roger Nimier

Être philosophe, cela consiste à exprimer en des formules lapidaires des réflexions imbéciles.

Claude Aveline

POLITIQUE

Ce n'est un secret pour personne que certains enseignants cherchent à inculquer à leurs élèves des idées politiques qui n'ont guère leur place dans le cadre scolaire.

Jacques Chirac

PUNITION

Les enfants sont comme la crème : les plus fouettés sont les meilleurs.

Jules et Edmond de Goncourt

SAVOIR

Ceux qui ne savent rien en savent toujours autant que ceux qui n'en savent pas plus qu'eux.

Pierre Dac

SCIENCES

Il est très nuisible de s'efforcer à un certain âge d'acquérir de nouvelles connaissances, surtout lorsqu'elles demandent beaucoup d'attention. J'ai vu périr plusieurs personnes par des maladies, qui avaient porté assez subitement à la tête, pour avoir voulu apprendre des sciences de calcul, et s'être livrées à cette étude avec trop d'acharnement.

M. Batigne

SPORT

Évitez soigneusement de faire du sport : il y a des gens qui sont payés pour ça.

Stephen Leacock

Les sportifs sont des cons. Le temps qu'ils passent à courir, ils ne se demandent pas pourquoi ils courent. Alors faut pas s'étonner qu'ils soient aussi cons à l'arrivée.

Coluche

Le seul sport que j'aie jamais pratiqué est la marche à pied, quand je suivais les enterrements de mes amis sportifs.

George Bernard Shaw

TRAVAIL

Rien ne me fascine plus que le travail : je peux rester assis et le contempler pendant des heures.

Jerome K. Jerome

VACANCES SCOLAIRES

Les familles, l'été venu, se dirigent vers la mer en y emmenant leurs enfants. Dans l'espoir, souvent déçu, de noyer les plus laids.

Alphonse Allais

CHAPITRE 1

Français
et
langues
étrangères

A cette époque, même quelqu'un comme Rabelais ne savait ni lire ni écrire...

« Comme un chevreuil », poésie de Ronsard, parle de la femme qu'il aimait...

L'alphabet contient 26 lettres : 6 voyelles et 22 consonnes.

Le célèbre vers de Corneille, « Belle Marquise, vos beaux yeux me font mourir d'amour » est en fait de Molière...

La légende attribue à Gutenberg l'invention de l'imprimerie, mais lui-même n'en est pas sûr...

Le français, comme les mathématiques, est une science exacte.

Les fables de La Fontaine ont été traduites en français dès leur publication...

Pour signifier à quelqu'un qu'il était un peu con, Molière préférait écrire : « Vous êtes un sot en trois lettres, mon fils. »

Le point virgule se compose d'un point et d'une virgule.

La popularité de Victor Hugo était telle qu'il fut enterré un peu partout dans Paris...

La poésie est avant tout une musique. Même si les mots ne veulent rien dire, ça n'a aucune importance.

Hector Malot a écrit « Les deux orphelines » après sa mort...

Molière était un moraliste sans aucune morale...

Le mot « amour » est féminin quand il n'est pas masculin...

Olivier a refusé de réciter son poème au motif que la poésie était une matière de pédés !

Je rappelle que les calculettes sont interdites en cours de français...

Jean Racine, l'auteur latin de nombreuses tragédies...

Toutes les œuvres d'Émile Rousseau, dont les célèbres Confessions...

Brillant en français, il convient donc de l'orienter vers une filière technique.

L'adaptation de Cyrano de Bergerac au cinéma a sûrement réjoui son auteur, Edmond Rostand...

L'auteur des Misérables ne l'était pas du tout lui-même...

Les académiciens portent un costume appelé « habit vert » parce qu'il comporte aussi un chapeau.

Cyrano de Bergerac a été un homme avant de devenir un livre.

De Balzac, il ne reste aujourd'hui que de mauvais feuilletons télévisés...

Parce qu'il était invalide, Blaise Pascal pouvait passer tout son temps à avoir des pensées...

La Bible est le livre le plus lu au monde, même si d'autres ouvrages ont bien plus de lecteurs.

André Malraux a été récemment incendié au Panthéon...

S'il n'était pas mort si jeune, Alain-Fournier serait encore une des grandes consciences de notre époque.*

Le théâtre a surtout servi à faire oublier ses auteurs...

Marcel Proust a trop écrit pour être compris...

* Notons, pour mémoire, que l'auteur du « Grand Meaulnes » vit le jour en 1886 et qu'il aurait donc aujourd'hui...114 ans !

Verlaine était belge par ses parents et français par ses livres...

Il y a effectivement peu de femmes écrivains. Sans doute à cause de leur plus faible résistance physique...

N'hésitons pas à le dire, l'absinthe était un peu l'encre des poètes maudits...

Faire plus de dix fautes dans une dictée, c'est insulter les générations d'écrivains qui nous ont précédés !

Littré, premier rédacteur du Larousse...

Le théâtre de Corneille n'est plus joué depuis des siècles.

Lecture et écriture sont les deux mamelles de l'école.

Jean-Paul Sartre et Simone de Beauvoir étaient unis par le mariage et la philosophie.

Les écrivains de la guerre 14-18 ont marqué des générations de morts...

Grâce à Jules Verne, l'homme a eu plus tard l'idée d'aller sur la Lune...

Dans certains cas, apprendre un texte par cœur peut aider à le retenir...

Si Victor Hugo savait qu'on fait des comédies musicales avec ses œuvres, il ne les aurait sans doute pas écrites !

Les Phéniciens ont fait fortune en établissant le premier modèle d'alphabet.

André Gide, qui donna ses lettres de noblesse à la pédophilie...

La question se pose de savoir si Paul Claudel a fait une œuvre religieuse ou littéraire, ou l'inverse.

Les sourds, eux, emploient des mots manuels...

L'adjectif invariable s'accorde toujours avec le mot auquel il est joint.

Saint-Exupéry est mort trop jeune pour avoir pu écrire des livres posthumes.

Le théâtre de Courteline ne fait plus rire que lui.

La science de la graphologie a permis de s'apercevoir que tous les écrivains étaient de grands malades.

Parce qu'il était homosexuel, Jean Cocteau savait aussi bien faire des livres que des films ou du théâtre.

Il faut relire attentivement les classiques pour voir à quel point ils sont classiques.

Durant la dernière guerre, de grands écrivains français, comme Céline, ont collaboré avec l'occupant nazi parce qu'ils espéraient ainsi vendre leurs livres en Allemagne.

Le destin des langues est de mourir un jour, surtout les langues mortes...

Colette n'a produit qu'une petite œuvre de femme...

Cocteau a aussi écrit quelques très belles peintures...

Même les dictionnaires intégrés aux ordinateurs ne savent plus décliner l'imparfait du subjonctif...

La poésie de Louis Aragon sent le communisme à plein nez !

Les chanteurs peuvent aussi être des poètes, comme Georges Brassens, Jacques Brel ou Johnny Hallyday.

Si elle n'avait pas eu de fille, on se demande ce que Mme de Sévigné aurait bien pu écrire...

L'orthographe évolue au rythme de l'immobilisme des membres de l'Académie française !

George Sand, dont le prénom s'écrit sans *s* parce qu'elle était anglaise...

Saint-Exupéry fut surtout aviateur plus qu'écrivain...

Paul Léautaud a toujours été trop pauvre pour pouvoir bien écrire.

Amoureux fou de Rimbaud, Baudelaire quitta femme et enfants pour le suivre.

On ne dira jamais assez ce que Montaigne a apporté à la philosophie, c'est-à-dire fort peu de chose...

Malgré son anticléricalisme fanatique, André Breton s'était fait élire « pape du surréalisme »...

Hervé Bazin est l'auteur français le plus lu après lui-même...

Une langue doit évoluer pour ne pas changer...

De Sacha Guitry, il ne reste que deux ou trois bons mots...

Vouloir à tout prix réformer l'orthographe, c'est faire injure à tous ceux qui sont morts pour elle.

Les sept merveilles du monde sont l'écriture, l'imprimerie, la grammaire, la lecture, l'orthographe, la poésie et le roman.

Les poètes romantiques n'ont réussi à produire que d'ennuyeux torrents de larmes !

On peut dire qu'un écrivain fait davantage l'amour avec les mots qu'avec sa femme...

Malraux avait une culture si vaste que personne n'a jamais bien compris ce qu'il voulait dire.

Marcel Pagnol écrivait avec un accent inimitable...

L'œuvre de Marguerite Yourcenar n'a pas survécu à son auteur...

Depuis l'ordinateur, on n'écrit plus avec des plumes d'oie...

Les deux frères Goncourt étaient deux.

L'américain Henry Miller a surtout écrit avec son sexe...

Bien sûr, la poésie est difficilement traductible...

Dans la première moitié du siècle, l'argot était la langue officielle des ouvriers.

Quand il a écrit Le Rire, Henri Bergson n'avait nullement l'intention de faire rire.

Le passé composé est devenu une langue morte...

Il ne faut pas cracher sur les auteurs dits « mineurs » parce qu'ils ont quand même fait l'effort de gagner leur vie en écrivant.

L'alcool imprègne toute l'œuvre d'Antoine Blondin...

Il ne faut pas hésiter à avoir recours au dictionnaire, même si on n'en possède pas...

Les mauvais livres n'intéressent que leurs lecteurs.

Le Nouveau Roman a marqué la disparition de la langue française.

Le livre est en train de mourir à petit feu sous les coups de la télévision et d'Internet.

Frédéric Dard, plus connu sous le nom de San-Antonio, peut être aussi considéré comme l'un des grands écrivains du siècle, même s'il n'a fait que des livres.

Ce sont ses livres qui ont permis au général De Gaulle de se faire connaître...

Marguerite Duras écrivait comme un vrai moulin à paroles...

L'écriture est un des seuls arts qui sert réellement à quelque chose.

Les écrivains d'Amérique latine semblent stimulés par les dictatures de leurs pays.

Depuis la dernière guerre, les Français considèrent un peu l'allemand comme une langue morte.

Apprendre l'arabe n'est pas une perte de temps, comme vous semblez le croire. Ils sont quand même beaucoup plus nombreux que nous !

La littérature mondiale est surtout peuplée d'écrivains français.

La plupart des romans d'Albert Camus se passent en Algérie, c'est-à-dire en France.

Apprendre l'anglais sert surtout à pouvoir se passer du français.

La majorité de l'Amérique du Sud parle espagnol ou portugais, faute d'avoir été capable de s'inventer une langue bien à elle.

Le grec ancien a fini par céder aux charmes du latin...

Les Africains n'ont pas de langue propre et sont donc incapables de communiquer entre eux.

Les Anglais sont si protectionnistes qu'ils n'aiment pas que les étrangers apprennent leur langue.

Le meilleur des passeports n'est pas délivré par les préfectures, mais par les professeurs de langues étrangères !

On peut même dire que les langues orientales sont celles de l'Orient.

L'italien est une fort jolie langue mais qui ne sert malheureusement plus à rien.

Le mélange des langues grecque et latine a donné le français...

Puisqu'il n'y a eu aucune inscription dans cette matière, le russe sera remplacé par l'espagnol.

L'apprentissage des langues étrangères doit être réservé en priorité à ceux qui parlent mal le français.

L'américain n'a plus rien de commun avec l'anglais...

Les Québecois parlent une sorte de dialecte français comme on n'en fait plus...

CHAPITRE 2

Le règlement c'est le règlement !

Les cours du soir débuteront désormais à midi...

Le règlement est formel : un élève entré dans le lycée n'en ressort jamais.

Toute absence prolongée doit être de courte durée.

Les parents sont invités à se faire connaître de leurs enfants.

Tous les devoirs sont notés sur 20, sauf quand ils sont notés sur 10.

Cet examen est obligatoirement facultatif.

Le présent règlement est annulé pour cause d'annulation.

C'est un geste criminel que de boucher volontairement les toilettes !

Une permanence devra être assurée, sauf si elle ne peut pas l'être.

Les devoirs sont notés de 1 à 20. Exemple : "J'ai eu zéro en maths."

Les places de parkings sont réservées en priorité aux professeurs possédant un véhicule.

Les vêtements oubliés dans le vestiaire doivent se faire connaître auprès du concierge.

Cette décision doit être prise de toute urgence dans les 6 mois à venir.

La participation à cette activité est strictement réservée aux participants.

Les congés annuels doivent être pris au moment des vacances.

L'heure d'ouverture des portes doit être exactement la même que celle de la fermeture.

La nationalité française est obligatoire pour ce poste, même si les étrangers peuvent y postuler.

Les fournitures de papeterie sont à commander auprès de monsieur CAHIER.

*Pour la première fois,
la rentrée scolaire tombera
le jour de la rentrée...*

Inscriptions du
lundi au vendredi,
sauf le mardi,
mercredi et jeudi.

Les cheveux
longs doivent
être quand
même courts...

Une
absence
prolongée
doit être de
courte durée.

*En raison de la
vague de froid,
les inscriptions
sont gelées
jusqu'à nouvel
ordre.*

Les 30 et 31 février
sont donc considérés
comme jours fériés...

Les porte-manteaux ayant été dégradés physiquement, les élèves sont appelés à ne plus en porter...

Le cours de philosophie prévu à 10 h est reporté à 10 h.

Il est interdit de prendre des photos pendant les cours.

Les corrections ne peuvent être contestées, sauf en cas de contestation.

Il est rappelé que l'escalier est uniquement réservé à la montée...

Les instruments destinés aux cours de musique sont interdits au gymnase.

Les élèves de sexe masculin sont invités à ne pas en changer avant la fin de l'année.

Aucune sortie de l'établissement ne peut avoir lieu avant la sortie

Les résultats seront affichés par téléphone...

Les réunions de plus d'une personne sont interdites...

La politique étant interdite dans l'enceinte du lycée, les élèves sont donc priés d'aller faire leurs cochonneries ailleurs !

Le contrôle continu ne s'arrêtera pas...

La récréation n'est pas considérée comme une excuse valable pour sécher les cours.

Un panneau marqué « filles » est accroché sur la porte des toilettes réservées à celles-ci. A l'attention des aveugles, des myopes ou des illettrés je rappelle donc qu'une fille n'est pas un garçon et que ces derniers doivent satisfaire leurs besoins ensemble à l'endroit où il est écrit « garçons ».

Les mots d'excuses des parents doivent être signés lisiblement par les élèves.

La mendicité est interdite pendant les cours...

Le bizutage est une pratique dégradante qui n'a pas à être encouragée, sauf en dehors du collège.

Toutes pièces justificatives sont à déposer pour accord au secrétariat de M. REFUS.

Il est interdit de toucher au réglage de température des radiateurs en été.

Tout élève surpris à fumer ses camarades sera sévèrement sanctionné.

Les dégradations de matériel sont dégradantes pour ceux qui les commettent...

Cette porte doit rester fermée si elle n'est pas ouverte.

Dois-je rappeler que les réformes de l'enseignement ne sont pas décidées par les élèves...

Le principal rappelle qu'il n'établit pas lui-même les menus de la cantine et ne peut donc être tenu pour responsable des maladies qu'ils occasionnent !

Merci de vous retenir pour ne pas uriner avant d'être arrivé aux W.C.

Faut-il vous rappeler que les relations sexuelles ne font pas partie des programmes scolaires agréés par l'Education nationale ?

Tout devoir non remis ne sera pas corrigé.

Les réclamations des élèves doivent être transmises au proviseur pour classement sans suite.

En cas d'absence du surveillant, s'adresser au surveillant.

L'alarme ne s'étant pas déclenchée, l'exercice d'incendie s'est éteint de lui-même...

Les desserts proposés à la cantine (petits suisses, particulièrement) n'ont pas vocation à se transformer en projectiles, fussent-ils du plus bel effet sur des murs qui viennent juste d'être repeints !

Le règlement est fait pour être respecté même s'il est inapplicable.

Les robes courtes et mini-jupes devraient au minimum couvrir le haut des cuisses...

Il est interdit de tutoyer et d'embrasser les professeurs pendant les cours.

Tous les livres de la bibliothèque ayant été volés, celle-ci ouvrira une heure plus tard...

Il est interdit de sortir du collège avant d'y avoir pénétré.

Les possesseurs de cyclomoteurs doivent retirer leurs casques pour assister aux cours.

CHAPITRE 3

L'histoire
revue
et
corrigée

Faute de survivants, personne ne peut raconter exactement la Guerre de Cent ans.

Les cardinaux sont un peu comme des sous-papes...

Le roi Salomon savait trier le bon grain de l'ivresse...

Cette bataille terriblement meurtrière a fait quelques blessés...

Louis XVI a été guillotiné avant la fin de son mandat.

Saint Louis avait bâti son tribunal sous un chêne...*

** On rappelera à ce propos le mot fameux du député André Santini
à propos d'un ex-Garde des sceaux : « Saint Louis rendait la justice sous un chêne.
Arpaillange la rend comme un gland. »*

De Gaulle fit sa traversée du désert dans les fôrets vosgiennes...

Jeanne d'Arc a été carbonisée peu de temps après sa mort.

Tous les morts de 14-18 ont raconté le calvaire des tranchées...

Le jour de l'Ascension, le Christ s'est évaporé.

La Renaissance est une invention du Moyen Âge...

En fait, les clous de la croix de Jésus étaient faits en corde de chanvre.

Dans l'Antiquité, sur dix bébés morts à la naissance, près des deux tiers étaient vivants...

Le sandwich porte le nom de son inventeur : l'anglais John Montagu...

***M**arco Polo a rapporté de Chine la culture des spaghettis.*

Les analphabètes ne savaient même pas signer d'une croix...

Pendant la dernière guerre, les Français se nourrissaient de privations.

Les « croque-morts » sont appelés ainsi parce que, dans le temps, ils mangeaient les morts pour vérifier qu'ils étaient bien morts.

Depuis qu'il repose sous l'Arc de Triomphe, le Soldat inconnu est connu dans le monde entier.

Jésus a marché sur l'eau et le vin...

La guerre de Cent Ans a duré de 1337 à 1453...

Autrefois, personne ne prenait de bains de mer parce qu'il aurait fallu se mouiller...

Jules César lui-même a été mis au monde par césarienne.

Charlemagne a beaucoup aidé Jules Ferry à créer une école moderne...

Le Chevalier d'Éon était en réalité une femme prénommée Charles...

Louis XIV a été le plus populaire des rois détestés par le peuple.

La drôle de guerre n'a fait rire personne !

L'usage de la guillotine a coupé la France en deux camps...

Le XXIe siècle commencera dès la fin du XXe...

Cambronne n'a quand même pas dit qu'un seul mot dans sa vie !

CHAPITRE 4

Va y avoir
du
Sport !

Le ballon de foot lui a cassé toutes les gencives de la bouche...

A force d'être malmené, le ballon réservé au rugby a pris la forme d'un ballon de football...

Ayant raté le cheval d'arçon, son crâne était troué de bosses...

Le toit du gymnase ayant été arraché par le vent, tous les élèves s'envolèrent...

Sur le stade, les participants au match avaient fondu au soleil...

La coupure d'électricité au gymnase durera une heure pendant toute la journée.

Les vélos ou vélomoteurs sont interdits dans la piscine.

Deux de ses dents ont été retrouvées plantées dans le ballon de basket...

La piscine est réservée aux élèves couverts de maillots.

Cette méthode de saut en hauteur oblige donc à sauter en largeur.

La luxure menace les champions de tennis...

Trois ballons sont nécessaires pour jouer au foot...

Les joueurs de foot professionnels ne sont plus des sportifs mais des financiers.

Le sport est-il susceptible de développer l'intelligence ? On peut en douter en voyant quel pitoyable spectacle offrent les footballeurs...

Le rugby se joue à 13 ou à 15, mais on peut être le nombre qu'on veut...

Les Jeux olympiques sont organisés chaque année tous les quatre ans...

Les basketteurs sont obligés de mesurer plus de 2,50 m pour être engagés dans les équipes américaines.

Tous les sports de glisse, en particulier le ski, le surf, le judo...

Le ballon de rugby est ovale parce qu'il est d'origine anglaise...

La devise du baron Pierre de Coubertin demeure inchangée :
« Rien ne sert de courir, il faut participer. »

Première précaution à prendre avec le javelot : ne pas le planter sur un autre élève.

Comme son nom l'indique, le handball se joue d'une seule main...

Au Japon, le sumo est un sport de masse...

Les penalties sont toujours tirés à la main.

La marche est sans doute le premier sport inventé par l'homme...

Le mot « marathon » vient du nom du coureur grec qui s'appelait ainsi...

Sans le vent, les marins n'auraient sans doute pas inventé la voile...

La boxe n'est pas un sport, mais un art.

CHAPITRE 5

Mystères des Sciences naturelles

BOTANIQUE

Les carottes contiennent un pigment que notre organisme transforme en vitamine A : la carotide.

Les épinards sont riches en fer à cause de leur couleur verte...

Le sucre est roux quand il a été exposé longtemps au soleil.

On ne voit plus aujourd'hui dans les champs de grands épis de blé comme autrefois. La raison en est que les paysans n'ont plus besoin de paille pour dormir avec leurs vaches.

Le café, contrairement à la légende, n'a pas d'influence sur le sommeil, par contre il peut empêcher de dormir...

Vous faites erreur : la bière n'est pas fabriquée avec du blé, mais avec de l'ogre fermenté.

Le cacao, avec lequel on fabrique le chocolat, se ramasse sur un arbre appelé hévéa...

Comme l'homme, les plantes respirent. Mais dans le cas des plantes, c'est le contraire.

La carotte est un légume qui fait partie de la famille des fruits.

Le champagne contient des millions de bulles au mètre carré.

Les fruits et les légumes ont été les premières victimes de la catastrophe nucléaire de Tchernobyl.

Il y a peu de temps encore, les tas de fumier déposés à la porte des fermes menaçaient la vie des paysans.

En Espagne, les oranges sont appelées des agrumes...

Le tournesol, d'où l'on tire l'huile de colza...

Les champignons peuvent être comestibles ou veineux...

Les chevaux n'étant plus cultivés, l'agriculture n'a plus besoin d'avoine...

Il faut au moins deux mois de grand soleil pour bronzer les céréales avant de les moissonner.

Au début du siècle, toutes les vignes françaises ont été décimées par la myxomatose.

Le pollen, lui, voyage à dos d'abeille...

Le gazon ressemble à de l'herbe domestiquée

La mousson est un fléau bienfaiteur pour la culture du riz...

Labourage et pâturage ne sont plus depuis longtemps les deux mamelles de la France...

ZOOLOGIE

Contrairement à ce qu'on croit, les cochons n'aiment pas particulièrement se parfumer au fumier...

Malgré son apparente bêtise, la poule est capable de produire l'aliment le plus parfait du monde : l'œuf.

En gavant les oies et les canards, on fabrique des boîtes de foie gras...

Les lapins se reproduisent à la vitesse du son...

Les taureaux voient en noir et blanc et ne distinguent pas les couleurs : c'est pourquoi ils ont peur du rouge.

Le singe descend en ligne directe de l'homme...

Face à l'eau, le chat est une véritable poule mouillée...

Le nombre croissant des baleines menace l'espèce...

Il n'y a pas de différence entre un porc et un cochon, sauf dans le cas de la truie...

Les poules ont des batteries pour être élevées...

Les yeux de la chouette lui servent d'oreilles.

L'anatomie du chien est d'une fidélité à toute épreuve...

La vitesse moyenne d'un escargot adulte est un peu inférieure à celle des humains.

Une piqûre de guêpe ou d'abeille peut entraîner la mort quand leur dard transperce le corps de l'homme.

A leur mort, les boudins se remplissent du sang des cochons...

Les vétérinaires sont aussi des psychologues pour animaux...

Le cochon donne même sa queue à manger à l'homme...

Les chameaux peuvent boire jusqu'à 200 litres d'eau quand ils sont au régime sec.

Les chats ont une vue perçante grâce à leurs moustaches très sensibles...

Si les vaches mangent du trèfle en grande quantité, leur panse gonfle et ne peut guérir qu'en explosant.

La coquille des huîtres n'a pas toujours été comestible...

Comme l'homme, la vache est un ruminant...

Depuis la guerre, les tracteurs ont remplacé les bœufs à moteur...

Les serpents gardent leur sang froid même en pleine chaleur.

Aujourd'hui, le mouton n'est plus très difficile à apprivoiser...

Les vaches sont les plus importants fournisseurs de calcium de la nature...

Le long cou des girafes leur permet d'échapper plus facilement aux prédateurs.

Le caméléon peut choisir la couleur dans laquelle il préfère vivre...

Les félins ont interdit de porter des fourrures depuis une dizaine d'années...

Contrairement au dromadaire, le chameau peut s'asseoir sur ses deux bosses.

Un myriapode possède en moyenne 240 pattes, c'est pourquoi on l'appelle le mille-pattes.

Le serpent, comme l'homme, perd ses écailles...

Les éléphants d'Afrique ou d'Asie cultivent l'ivoire...

La maladie de la vache folle menace les troupeaux d'ovins...

Les crocodiles, les caïmans et les alligators sont parmi les rares animaux à savoir nous parler de la préhistoire...

Les dauphins ont le physique et l'intelligence de l'homme...

Lyon, capitale de la laine de vers à soie...

Les fromages liquides sont fabriqués avec du lait de vache ou de chèvre...

Les requins sont de dangereux rapaces aquatiques...

Quand une jument s'accouple avec un âne, leur petit s'appelle le mulot...

Grâce à ses ailes, l'autruche ne peut pas voler...

A cause de la surproduction, les bœufs s'entassent devant les portes des congélateurs de la Communauté européenne.

Les termites se nourrissent de maisons en bois.

Les produits agricoles contaminés par la listériose sont destinés au marché africain...

A cause du clonage, on ne pourra bientôt plus reconnaître les animaux les uns des autres...

ANATOMIE

Notre cerveau passe sa vie à aboyer des ordres.

Pasteur avait la rage de convaincre les milieux scientifiques.

La syphilis était transmise par les prostituées, c'est-à-dire les femmes...

A vue d'œil, les femmes possèdent deux chromosomes X...

La mort permet à certains malades de sortir du coma...

Les détails d'un tableau se voient mieux en fermant les yeux.

Les membres du corps humain sont reliés par la graisse.

Les empreintes digitales permettent maintenant de connaître le vrai père génétique d'un enfant.

Si le cordon ombilical n'est pas coupé rapidement, le nouveau-né peut se vider dans sa mère.

Il a fallu attendre les années 40 pour trouver un remède contre la pénicilline.

Le secret médical existait bien avant les médecins...

L'alcool provoquant la soif, les alcooliques boivent...

Au contact de la sexualité, l'organe masculin se raidit...

Il est facile de reconnaître un spermatozoïde : il suffit d'apercevoir ses longs filaments.

Les sourds ont l'ouïe très développée...

Les greffes de reins ont rapidement fait progresser les transplantations cardiaques...

La surdité se caractérise par un défaut d'audition.

L'échographie permet maintenant de faire des bébés avant la naissance...

Les initiales Q.I. signifient Quantité Intellectuelle...

Pour reconnaître la gauche de la droite, il suffit de regarder votre main droite !

Le cancer du poumon est une spécialité des fumeurs.

La température du corps humain est fixée par décret.

Les cordes vocales servent à ouvrir et à fermer la bouche...

Un homme une fois castré ne peut plus reculer...

La viande rouge apporte du jus de protéines à notre organisme.

De tous les animaux, la femme est la seule à souffrir de menstruations...

Ambroise Paré, au XVIe siècle, pensait que le sperme venait du cerveau. Il avait tort, mais pas tant que ça...

Avec un taux d'alcoolémie de 2 litres, les réflexes commencent à diminuer.

CHAPITRE 6

Vie quotidienne à l'Éducation nationale

Décision prise à l'unanimité des professeurs présents : 15 voix pour, 23 voix contre.

Un incendie s'est déclaré dans l'extincteur du préau.

L'augmentation du poids des cartables est proportionnelle à la diminution des connaissances.

Au syndicat, nous sommes majoritaires à être minoritaires !

Était-il acceptable, parce que l'institutrice était enceinte, de la vider ?

Les frais de scolarité n'augmenteront pas cette année, à part une majoration de 30 %.

Le cable d'ordinateur a été rongé par la souris...

Les interrogations écrites sont-elles plus efficaces par oral ?

Tous les élèves étaient présents sauf la moitié d'entre eux.

Je voudrais être muté sans bouger...

Le vote à bulletins secrets s'est fait à mains levées...

Cet important changement ne devrait modifier en rien la situation actuelle...

Un court-circuit s'étant déclaré dans le professeur...

Le conseil de classe eut finalement lieu en l'absence de tous les membres présents.

Le distributeur de préservatifs a été violé par des vandales...

Le concierge du collège étant noir, les élèves se moquaient de ce handicap...

Le questionnaire demandait la nationalité et le sexe. Aux deux questions, l'élève a répondu oui...

Le feu s'est déclaré dans une poubelle, allumé vraisemblablement par une matière inflammable.

Un incendie s'est déclaré dans le cahier de correspondance...

Les participants aux classes de neige ont fondu à cause de la douceur du temps...

L'absence de chauffage dans les classes fit monter la température...

La bibliothèque restera fermée jusqu'à l'achat de livres...

Des boules puantes embaumaient l'air...

Ce professeur est décédé à la demande de plusieurs parents...

Un pitt-bull égaré menaçait le surveillant d'un air canin...

Les néons n'ayant toujours pas été remplacés, je suis obligé de faire cours sans voir mes élèves...

Cette professeur fut mise en dépression nerveuse après avoir été plusieurs fois traitée de « vache folle » par des parents mécontents des mauvais traitements qu'elle infligeait aux élèves...

La paire de claques donnée par ce professeur ne comptait en fait que deux petites claques.

Les chasses d'eau du lycée avaient été remplies avec de l'encre...

Les toilettes sont devenues un vrai lieu d'érotisme et de tabagisme...

L'assurance individuelle des enfants est obligatoirement collective.

Finalement, le professeur eut le tort d'avoir raison...

Un graffiti particulièrement injuste mettait en cause la virilité de tout le corps professoral...

Ce n'est pas parce que nous n'avons aucune autorité qu'il faut en abuser...

En supprimant les devoirs, l'Éducation nationale manque aux siens !

Faute de professeurs compétents, les ordinateurs furent installés par les élèves...

L'affectation des nouveaux crédits a creusé un trou dans le budget...

Le logement de l'instituteur est beaucoup trop exigu pour être habité...

Le budget prévisionnel ne laissait rien prévoir...

Le choix du nom de ce lycée s'est fait démocratiquement par une décision du ministre en personne.

La diminution des effectifs est en hausse.

Le décès de ce professeur a causé un temps mort...

Aucun ordre n'ayant été donné, les élèves ont obéi malgré tout.

La réduction du temps de travail ne devrait pas affecter sa durée.

Dès que ce poste sera déclaré vacant, il ne sera plus occupé...

La négociation avec les syndicats est reportée sine die le 27 mars à 9 h.

Les archives de cette année-là se sont évanouies dans la nuit des temps...

M. FONCTION quittera ses fonctions dès la fin avril.

Les toilettes sont donc régulièrement noyées dans des torrents d'urine...

Ce professeur n'est pas en arrêt de travail mais au contraire en arrêt maladie.

Le surveillant n'écouta que son courage pour aller chercher le proviseur.

Un grand nombre de lycéens a le tort de n'être pas de nationalité française...

Il est avéré que le motif du larcin était bien le vol...

La nationalité de cet élève ne permettait pas de deviner son sexe...

Tous les espoirs sont permis avec la cuvée 1998 du baccalauréat qui ne devrait pas être meilleure que celle de 1997.

La disparition du fugueur a été signalée par ses parents dès son retour.

Il convient de classer les élèves en trois catégories distinctes :
1 - Sexe masculin
2 - Sexe féminin
3 - Professeurs

Des préservatifs usagés ont même été découverts dans des livres de la bibliothèque !

Les objets volés ont tous été retrouvés sur votre fils, dont le vélo de la gardienne...

Mme LANCIEN, qui part en retraite, sera bientôt remplacée par Monsieur NOUVEAU.

Le surveillant ne pouvant être partout à la fois, il n'était nulle part...

Devant le lycée, M. BAGARRE donna des apaisements aux manifestants.

Les W.C. sont régulièrement retrouvés bouchés avec des élèves...

De graves dégâts ont été commis sur la personne de la voiture de certains professeurs.

Les travaux sont enfin finis : la classe de terminale est terminée.

La disparition tragique et soudaine de M. le proviseur a contraint les responsables de l'établissement à annuler in extremis le pot organisé pour fêter son départ.

Par commodité, les élèves ont donc été découpés en tranches.

J'ai noté que certains professeurs tendent à privilégier leur statut de malades chroniques au détriment de leur statut d'enseignants dévoués corps et âme à leur mission...

Il faut plus d'une personne pour qu'on puisse dire qu'il y a unanimité...

Tous les candidats ont été reçu, sauf ceux qui ont échoué...

Des graffitis injurieux maculent régulièrement le derrière des professeurs.

Les étrangers à l'établissement étaient pourtant français...

En cas de contestation des barêmes de notation, prière d'en informer immédiatement Mme BONNENOTE.

Les élèves n'ont pas attendu l'autorisation du proviseur pour se pénétrer...

Les élèves de plus de 110 ans sont orientés directement vers le collège.

L'échec à cet examen n'est pas une condition de sa réussite...

S'il est trop souvent absent, autant que l'élève reste chez lui pour y suivre les cours.

Rien n'interdit aux instituteurs de porter une blouse, à condition qu'ils soient habillés dessous...

Surpris avec un téléphone portable pendant l'examen, l'élève menaça d'appeler son père qui est avocat.

Les élèves ont dix minutes pour quitter le lycée, soit de 18 h à 19 h 30.

Centre pédagogique régional de Paris-Sud. Education physique et sportive : responsable : Mme CRAMPE.

Thème du débat : L'échec scolaire est-il dû à la scolarité ?

Le surveillant a pu raconter toute la scène puisqu'il n'y avait pas assisté...

En cas de renvoi, l'élève est donc renvoyé...

Le remplacement de nombreux professeurs absents reste une priorité pour le chef d'établissement qui n'a malheureusement aucune solution à proposer...

Le vestiaire des professeurs a été violé avec tous ceux qui se trouvaient dedans.

L'accident n'ayant pas eu lieu dans l'enceinte du lycée, il n'existe pas.

La consommation de papier-toilette est augmentée par l'arrivée de l'hiver...

L'instituteur s'est contenté de lui tirer gentiment l'oreille qui s'est pourtant détachée...

CHAPITRE 7

Quelques notions de Géographie

Malgré la dérive des continents, la lune s'éloigne de la Terre à raison de 3,7 cm par an...

La Guyane est un département du sud de la France.

La couleur noire des Africains est due à leur négritude.

L'agriculture tend à disparaître des grandes villes.

A Paris, le souterrains du métro aérien passent au ras des immeubles !

Le porto ne vient pas de la vigne mais du Portugal.

Au Chili, la cordillère des Landes...

Le progrès a goudronné les champs des villes...

La Seine prend sa source à Paris...

Un cours d'eau choisit toujours la facilité de couler vers la mer...

Le pôle nord ne connaîtra jamais le pôle sud...

Même la population de cette île déserte va en augmentant.

Avant de s'appeler Paris, la capitale de notre pays s'appelait Alésia.

Les enfants africains présentent des carences alimentaires parce qu'ils mangent n'importe comment.

L'artichaut est une des principales ressources culturelles de la Bretagne.

La confiture d'organes est une spécialité espagnole...

La France a le Finistère dans le nez...

Personne ne connaissait la couche d'ozone avant qu'elle ait des trous !

Il fait moins chaud quand le temps est froid...

En Angleterre, une minute de silence dure 120 secondes.

L'Empire State Building de New York comprend 73 ascenseurs et 6400 fenêtres. Plus que la Tour Eiffel...

Jusqu'au Moyen Âge, personne ne savait où se trouvaient les bords de la Terre.

Le département des Côtes-du-Nord a récemment changé de nom : il s'appelle désormais les Côtes-du-Nord.

Avant Galilée, la terre ne tournait pas...

Quand il y a éclipse, la Terre est cachée par la lune.

Grâce à la dérive des continents, on pourra bientôt aller à pied de Marseille à Alger !

La latitude est toujours parallèle à la longitude.

La mer est venue s'installer autour du Mont Saint-Michel bien après sa construction...

La lune est un satellite envoyé par la Terre...

Un igloo est une maison en glace fondue...

La mer Noire est parfaitement bleue...

Le vent souffle généralement dans le sens du vent.

La tour de Pise finira par tomber un jour en Italie...

Tulipes, moulins et fromages fleurissent la Hollande...

On a donné à la Hollande le nom de « Pays-Bas » vu sa petite superficie.

La cornemuse est une invention écossaise des Bretons...

En France, Paris est la première ville du monde...

CHAPITRE 8

Quand les élèves se déchaînent...

Ces deux élèves se sont rentrés dedans à vive allure et sont restés encastrés près de deux heures...

Pour n'avoir pas à lire son texte, Damien a préféré manger ses lunettes...

Pour s'excuser de n'avoir pas fait son devoir, cet élève m'a raconté une histoire abracadabrante, comme quoi sa mère avait accouché d'un petit frère dans la nuit. Vérification faite, M. le proviseur s'est aperçu que la dite mère n'avait pas pu accoucher la veille car elle était morte huit ans auparavant...

Bourré de somnifères, l'élève s'endormit brutalement au tableau...

Motif de l'absence : n'était pas présent.

Sa tenue vestimentaire laissait un peu à désirer puisqu'un de ses seins était carrément sorti de son soutien-gorge !

Cet élève suit mes cours d'un œil et dort de l'autre.

Les élèves regardent trop la télévision pour réussir à ne pas dormir en classe !

Souffrant d'un excès de poids, la jeune fille ne pouvait pas se lever de son bureau sans l'entraîner avec elle.

Sa corpulence engendre naturellement des excès de poids...

Les filles ayant été inondées par certains garçons de Seconde sont priées de venir témoigner.

L'élève avait apporté un camping-gaz en classe et prétendait faire la cuisine pour tous ses camarades...

Il buvait l'encre à même ses cartouches !

Xavier a déchiré sa copie espérant me dissimuler qu'il n'avait rien écrit dessus...

Le bus scolaire a refusé de s'arrêter pour faire monter les enfants sous prétexte qu'il était en retard...

Ses parents s'étaient séparés plusieurs années avant sa naissance...

L'élève criait si fort qu'il n'entendait même plus ce qu'il disait...

A frappé un autre élève à l'aide de mots blessants...

Anoter de graves traumatismes d'enfance, particulièrement l'absence de mère à sa naissance.

Chaque interrogation orale la faisait vomir de dégoût...

Il prétendit n'être absent que depuis une semaine alors qu'il avait manqué sept jours...

Sa mère a l'avantage d'être une femme...

Ayant dérobé la sacoche de son professeur, il avait entrepris de commenter lui-même les devoirs de ses camarades avec des grossièretés...

Son cartable ne contenait que des objets inutiles aux études, préservatifs parfumés par exemple.

L'élève courait tellement vite pour ne pas être en retard au cours qu'il n'a pas vu l'école...

L'élève était rentré en hibernation dès le mois d'octobre...

Jasmina prétendit ne pas pouvoir répondre à ma question car elle était en train de s'épiler les jambes en plein cours !

Les ongles de Marina sont si longs qu'elle n'arrive même plus à tenir son stylo !

Il faisait des gestes obscènes d'une main et lançait des grossièretés de l'autre...

Motif de l'exclusion : fumait le cigare en cours d'anglais.

Arrivée en cours munie de bas résille et mini-jupe, son attitude ne laissait aucun doute sur le caractère sexuel des relations qu'elle entendait désormais nouer avec son professeur...

L'élève refusa de venir au tableau sous prétexte qu'il était allergique à la craie...

L'enfant signait lui-même ses bulletins de la propre main de ses parents.

L'élève a tenté de me lancer son manuel à la tête, mais j'ai réussi à esquiver en me jetant à terre.

Il est reproché à l'élève d'avoir tendu un doigt à son professeur dans l'intention de lui faire comprendre qu'il devait se le mettre dans les parties de son individu.

Après avoir récolté des zéros tout le trimestre, il passa sans difficulté dans la classe supérieure...

Étant déjà sorti plus de six fois pendant le cours pour aller aux toilettes, il voulut y retourner accompagné d'une demi-douzaine de ses camarades...

La copie qu'il m'a rendue était remplie d'excréments...

L'élève a proposé 500 F à son professeur pour bénéficier enfin d'une note supérieure à la moyenne...

Personne ne s'était aperçu que cet élève de 16 ans n'avait jamais appris à lire !

Ayant eu de notoriété publique plusieurs amants depuis la rentrée scolaire, cette élève n'est sans doute plus vierge...

Résultats brillants malgré une faiblesse dans toutes les matières.

Ses parents ne peuvent pas l'aider à faire ses devoirs puisqu'ils sont eux-mêmes instituteurs...

Sa mère vit seule avec deux hommes...

Chaque matin, il se rend à l'école soit en vélo soit en bicyclette...

Son pupitre contenait un bric-à-brac qui n'évoquait que de très loin l'aridité des travaux scolaires...

L'élève a mangé sa facture de cantine...

Il s'est servi de son livret scolaire pour satisfaire des besoins naturels...

Cet élève émettait des flatulences à l'aide de sa bouche...

Les enfants n'avaient pas digéré l'absence de repas...

Après avoir frappé son professeur, l'élève lui prodigua quand même les premiers soins.

Ses devoirs sentaient l'anis car il remplaçait l'encre de son stylo par du pastis.

Les élèves tentèrent d'abréger le cours en applaudissant chaleureusement leur professeur.

Il avait accroché son antivol au lycée pour qu'on ne le vole pas...

En Terminale, l'acoolisme va finir par devenir un problème de boisson...

Au nom de la « démocratie », la moitié des élèves voulait voter le licenciement de leur professeur...

L'élève fut repêché in extremis grâce à des notes déplorables.

Avec seulement une heure de retard, l'élève était en avance sur ses retards habituels !

Habitant la banlieue, l'élève était naturellement taré...

Malgré ses grandes qualités, sa tentative de suicide fut mal notée...

Thomas semble allergique aux efforts qu'il ne fait pas...

L'enfant répondait oui d'un air négatif...

Adrien s'est servi d'un gros marqueur noir pour me taguer des pieds à la tête pendant le cours sans que je m'en aperçoive !

Après de 16 ans, il s'apprête à quitter le lycée pour une retraite bien méritée...

*U*n tel élève a vraiment la chance d'avoir de la veine...

Élève trop doué pour réussir...

Le jour de la rentrée, il déclina son identité dans une langue que personne ne put identifier, à savoir le portugais.

Si le chahut n'avait pas cessé, il aurait sans doute continué...

Tous les élèves ont profité de la sortie pour s'enfiler les uns derrière les autres...

Malgré ses 4 frères et sœurs, cet enfant reste fils unique...

Il tripla sa sixième à deux reprises.

Agé de 8 ans, cet enfant en fait carrément le triple...

Cette sanction eut pour effet de ne pas en avoir...

L'élève s'est reculé en avancant d'un air menaçant...

Il a fallu 6 adultes pour maîtriser le dément, élève de CE 2...

Cet élève prétend être S.d.f. de père et de mère...

Coiffé de son walkman, l'élève suivait mon cours d'une oreille et du rap de l'autre.

CHAPITRE 9

Maths, physique, chimie

et autres sciences

MATHÉMATIQUES

Il ne faut pas hésiter à compter sur les mathématiques...

De 0 à 1, il existe une multitude de chiffres.

Une courbe doit monter avant de descendre.

Le cerveau du célèbre savant Albert Einstein est exposé dans une vitrine au Kansas, mais il n'est malheureusement plus là pour le voir...

Orphelin de père et de mère, il reportait son affection sur les mathématiques...

En chiffres, une tonne s'écrit 100 kilos...

Chaque journée se compose de 24 heures, elles-mêmes divisées en 24 minutes.

Le principe d'Archimède reste toujours invaincu...

Depuis Einstein, 2 et 2 ne font plus 4, hélas...

Une moitié égale 50 %, l'autre moitié également.

PHYSIQUE

C'est la foudre qui a inventé l'électricité...

Toutes les lois de la physique seront connues quand on n'en ignorera plus aucune.

Le mot téléphone vient de la contraction de télé et de phone...

Pour calculer la vitesse de la lumière, il a d'abord fallu inventer la lumière...

La foudre est attirée par le métal, surtout les arbres...

La profondeur est un relief en creux.

La physique est la petite sœur de la reine mathématique.

CHIMIE

Le clavier des ordinateurs américains est exactement le même que les français, mais pourtant bien différent...

L'odeur du gaz est en fait inodore...

Il est rappelé que la fréquention des salles de chimie peut être explosive.

Pierre et Marie Curie ont reçu le prix Goncourt de chimie.

La vapeur est la fille naturelle de l'eau.

Merci de traiter les divers acides du laboratoire comme vous souhaiteriez qu'ils vous traitent...

On reconnaît le soufre à son goût d'odeur...

Le moteur à explosion a provoqué un grand boum dans l'industrie mécanique.

CHAPITRE 10

Parents, les profs
vous parlent...

Votre fille semble avoir trop de problèmes de cœur pour avoir le temps de résoudre ceux de mathématiques...

Pouvez-vous me certifier sur l'honneur que c'est bien vous qui avez signé le carnet signé par votre fille ?

Le cachet de la poste fait foi que vous ne nous avez jamais adressé de lettre...

Il est vrai que les notes de votre fils ne sont pas toujours déplorables : parfois, elles sont aussi scandaleusement nulles !

Après être venue en cours avec un hamster, Éléonore a tenté d'introduire dans son pupitre un couple de lapins dans l'intention de les faire se reproduire.

Trop de mensonges nuisent à son honnêteté foncière.

Voilà deux semaines que Delphine passe d'excellentes nuits pendant mes cours !

Si votre fils est sourd, qu'il porte des lunettes et qu'on n'en parle plus !

Pierre a pris le risque d'introduire des armes à feu dans l'établissement, en l'occurrence un couteau à cran d'arrêt.

Nous ne pouvons plus tolérer que votre fils continue à traiter ses différents professeurs avec le respect qu'il ne leur doit pas !

Votre fils a des absences même quand il est là...

Nous avons surtout noté que votre fils nous prenait pour des imbéciles en prétendant faire passer pour une calculette ce qui était en réalité un téléphone portable dont il se servait pendant les cours !

C'est vrai qu'il m'arrive d'être absent : les professeurs ne sont-ils pas des malades comme les autres ?

Votre fils n'ouvre la bouche que pour se taire...

Je ne me serais jamais permis de frapper votre fils, du moins pas devant tout le monde...

Merci de joindre une photocopie de vos enfants.

Pour ne pas être interrogée, votre fille a tout tenté, même le chantage au suicide...

Je ne note pas mes élèves « à la tête du client », comme vous le prétendez. Je regrette d'ailleurs qu'il ne s'agisse pas de « clients », ce qui me permettrait sans doute de gagner bien davantage qu'avec mon petit salaire d'enseignant !

Ce dossier scolaire était trop bien rangé pour avoir été perdu : en fait, il a été jeté par inadvertance.

Notre collège n'ayant pas encore le statut d'hôpital psychiatrique, votre fils est exclu pour 8 jours.

Je vous serai reconnaissant, Madame, de ne plus essayer de joindre votre fils en classe sur son portable.

Gilles m'a toujours rendu des dissertations qui ne dépassaient pas 2 pages. Depuis que vous lui avez payé Internet, il me rend des copies de 20 à 30 pages, ce que vous me permettrez de trouver suspect...

Je vous confirme que votre fils a bien eu 0 (je dis bien zéro) en maths, et non 1, comme il s'en vante...

Ce n'est pas parce que l'école est publique que votre fille doit l'être aussi...

Arrêtez donc de m'écrire pour me donner des conseils concernant l'éducation de votre fille ! Pour ça, j'ai déjà au-dessus de moi le ministre de l'Éducation nationale et sa secrétaire d'État, le recteur d'Académie, le directeur des services départementaux, l'inspecteur pédagogique régional, l'inspecteur d'académie, le proviseur du lycée, le conseil d'administration, les conseillers d'éducation, le comité des professeurs, l'équipe pédagogique, l'équipe éducative, le conseil de classe, sans oublier bien sûr les élèves eux-mêmes, les syndicats d'enseignants (AFEF, FDDEN, FEDE, MEL, SPEN, CSEN, FAEN, FEN, SNACLC, SNCL, SNE, SNEP, SNES, SNL, SNPTA, SPDLC, USLC-CNGA, etc.), les syndicats lycéens (UNCAL, SI-UNEF, AFL, etc.), les mouvements et associations de parents d'élèves (FCPE, FNAPE, PEEP, UNAAPE, etc...), les organismes éducatifs divers (CNDP, ADEP, CAFOR, AFPA, GRETA, etc.), le maire de la ville et son conseil municipal, les députés de la majorité comme de l'opposition, les sénateurs de droite ou de gauche, les journalistes spécialisés, les auteurs et éditeurs de manuels scolaires... et parfois même ma propre femme !

La lecture de son livret scolaire est déjà une punition en soi...

Il manque des pièces à votre dossier d'inscription. En fait, nous ne l'avons même pas reçu.

J'ai l'intention de faire bientôt relier en un seul gros volume la superbe collection de mots d'absence de votre fille.

Essayez de faire comprendre à Raphaelle qu'une photo de Leonardo Di Caprio découpée dans un magazine et collée sur une copie ne peut faire office de devoir, même si le sujet en est le cinéma...

Votre fils prétend que c'est vous qui avez rédigé ce devoir auquel j'ai mis 2... S'il dit la vérité, il faut bien reconnaître quelque valeur au vieil adage « Tel père, tel fils » !

Votre fils n'a surtout pas à rougir d'être noir...

Louis n'arrête pas de dormir debout en s'énervant tout le temps.

Je vous confirme que votre fils était bien présent en chair et en os...

Nous n'avons pas de preuves tangibles de la culpabilité de Renaud, c'est pourquoi le conseil de classe a décidé son exclusion.

Paul a tenté de cacher son ignorance derrière des larmes de crocodile.

Le principal accepte de donner une suite favorable à votre demande qui est donc rejetée.

Votre fils sera peut-être reçu au bac le jour où il ne considérera plus ses congénères féminines du lycée comme un harem, ses condisciples masculins comme des punching-ball, ses professeurs comme des tortionnaires et l'enseignement en général comme une vaste rigolade !

CHAPITRE 11

Le
grand massacre
de
l'Instruction
civique

La politique est le plus vieux métier du monde...

La retraite permet aux personne du troisième âge de mourir dignement...

Le 1er Mai est le jour de la fête du Travail : c'est pour ça qu'il est férié.

L'insécurité fleurit principalement dans les banlieues...

Le recensement permet de constater qu'il y a plus de 60 millions de Français, particulièrement dans notre pays.

Le suffrage universel sévit dans toutes les démocraties...

La réclusion à perpétuité dure environ 20 ans.

La Bourse permet d'inoculer l'argent dans les entreprises.

La dictature est le miroir de la démocratie...

Les sénateurs sont élus par vagues de neuf ans...

Les nouveaux francs furent inventés par le général Pinay...

Un testament n'a de valeur que s'il est rédigé avant la mort.

Le Parlement est le nom latin de l'Assemblée nationale.

Les gendarmes faisaient autrefois partie de la marée chaussée...

A défaut de les comprendre, députés et sénateurs votent les lois.

Les jours fériés sont chômés, même pour les chômeurs...

Les présidents de la République ont automatiquement le droit de finir au Panthéon.

La grève est un des droits de l'homme français...

L'É.N.A., école nationale d'admiration...

Le Premier ministre ne peut être nommé que par le président de la République, parfois même contre sa volonté...

L'adoption des 35 heures de travail va diminuer la durée de vie des salariés.

Giscard a attendu d'avoir 18 ans pour supprimer la majorité à 21 ans...

La corruption est une des nouvelles formes de la démocratie...

La liberté de vote est obligatoire.

Le maire d'une commune est doté de pleins pouvoirs particulièrement restreints...

La régionalisation a permis d'amputer Paris de ses banlieues...

Peu de gens connaissent toutes les paroles de La Marseillaise, parce qu'elles sont ridicules !

Jacques Chirac a été élu sur le thème de la facture sociale.

Le chômage gangrène cette plaie qu'est le monde du travail.

La suppression du service militaire n'a pas suffi à supprimer les militaires.

La baisse de la natalité est en train de rattraper la chute de la mortalité...

Les droits de l'homme sont bien sûr ceux de la femme...

Le père est le seul chef de famille. La mère aussi.

L'Europe permet de bondir sur les frontières...

L'armée de métier a toujours été laïque et obligatoire.

Au terme de la Constitution, le Président est totalement irresponsable de ses actes.

La chute de la monnaie reflète la bonne santé de l'économie.

Les élections sont à deux tours quand elles en ont plus d'un.

Plusieurs centaines de soldats français ont participé à la guerre du Golfe, en Yougoslavie...

Les femmes doivent obligatoirement se marier avec le maire de leur ville.

Le coût de la vie va et vient au rythme des saisons...

L'inflation peut être jugulée par la déflation...

Le ministre de l'Intérieur est chargé de la sécurité des intérieurs de France...

Le président de l'Assemblée nationale habite à l'Hôtel du Lacet...

Le référendum permet au peuple de choisir librement les choix qu'on lui impose.

Le Trésor public a pour mission de collecter les contribuables.

Il est presque impossible de connaître le nombre exact des communes françaises...

On pourrait accepter l'adage «Nul n'est censé ignorer la loi», si la loi elle-même voulait bien n'ignorer personne.

La diminution du nombre des fonctionnaires va en augmentant régulièrement.

En justice, l'innocence est une notion assez floue...

Dans deux ans, l'Euro sera la seule monnaie française d'Europe.

Le statut des fonctionnaires est une spécialité typiquement française...

Le centre s'est toujours situé à droite...

Les maires ayant les pleins pouvoirs, les conseils municipaux ne servent à rien.

Un Premier ministre est inamovible au gré des humeurs du Président.

En France, la famille est une et indivisible...

On n'a pas le droit de réciter La Marseillaise, on est obligé de la chanter.

En cas de oui au référendum, un septennat durera cinq ans...

La montée du chômage est en train de baisser...

Les syndicats ont nettement perdu de leur influence depuis leur disparition.

La Bourse a seule le privilège de frapper la monnaie française...

L'arrivée de la gauche au pouvoir a tué la peine de mort dans l'œuf...

Les 36 000 départements français...

Le ministre de la Justice porte le titre de Garde des Sceaux, même si c'est une femme.

CHAPITRE 12

Bobos, bosses et bobards

Son sang coulait d'une main et dégoulinait de l'autre...

Après cette chute, l'enfant souffrit longtemps d'un épanchement de sinophile...

L'élève ne pouvait se déplacer qu'en position assise...

Motif de la visite du médecin : raisons médicales.

La température élevée (39°9) laissait deviner une petite fièvre...

Il fallut conduire l'élève à l'hôpital pour l'achever...

Pour simuler une maladie, l'élève avait du chauffer le thermomètre sur le radiateur car il avait 59° de fièvre.

De fortes migraines au ventre l'empêchent de suivre les cours.

Complètement évanoui, il trouvait quand même le courage de rire avec ses camarades.

Il a reçu le javelot dans l'arcane sourcilière...

A noter, en sus de la plaie au genou, une foulure de l'œil gauche.

Touché aux testicules, le garçon risque plus tard de ne pas pouvoir accoucher.

Souffrant d'acné, l'enfant X... s'amusait à faire gicler ses boutons sur ses voisins...

A leur âge, quand ils me réclament des préservatifs, c'est surtout pour en faire des ballons...

L'épidémie de grippe a violemment frappé le corps professoral à la veille des vacances !

Souffrant de gastrite, il voulut profiter de mon cours pour se mettre un suppositoire !

En cas d'absence pour raisons de santé, veuillez remettre les certificats médicaux avant le début de la maladie.

Ses yeux sont prématurément usés jusqu'à la corde...

Tout son dos est brûlé par un coup de soleil attrapé en cours de français...

L'infirmière n'a pas vu que la blessure s'était infectée malgré le pus qui coulait à flots...

Ses doigts présentent des signes évidents de dérèglement mental...

Grièvement blessé à la jambe, l'élève en profita bêtement pour pleurer...

Il a fallu lui mettre six points de soudure au front...

Contre la diarrhée, sa mère n'avait rien trouvé de mieux à lui donner que des laxatifs !

Son pied avait tellement enflé qu'il ne pouvait plus tourner la tête de droite à gauche.

Il est revenu des sports d'hiver avec la jambe plâtrée jusqu'au cou...

L'élève avait apporté ses propres poux pour les transmettre à ses voisins.

Le rôle de l'infirmière se borne à distribuer quelques maladies par-çi par-là...

L'anorexie est sans doute la cause de son obésité.

La jeune fille est régulièrement indisposée en classe par des règles qui lui viennent en rafales...

Il se ronge les ongles jusqu'à la moelle...

Visible à l'œil nu, l'hémorragie interne était absolument invisible.

Trop malade, l'enfant a été renvoyé dans son domicile conjugal.

Sa presbytie lui interdit de lire un livre qui est à plus de 2 mètres...

La visite médicale n'est pas notée : n'hésitez pas à vous y rendre !

L'ophtalmo n'a rien décelé au toucher vaginal...

La radio des poumons a clairement laissé voir cette fracture du bassin.

La première phalange a été sectionnée par le pupitre qui heureusement n'a rien...

La cantine est une source inépuisable de nuisances pour l'infirmière que je suis...

Il était si contagieux qu'il fallut faire désinfecter l'air ambiant par une entreprise spécialisée...

La petite avait le ventre tout gonflé comme si elle était enceinte, ce qu'elle était d'ailleurs, a-t-elle fini par nous avouer.

Appelé d'urgence, le médecin diagnostiqua une bonne santé.

Il avait de l'acné même sur les pupilles...

La jeune fille avait tenté de se suicider en avalant un comprimé d'aspirine.

Quand il a vu les pompiers du SAMU arriver, l'élève a décidé de guérir en un clin d'œil.

Les enfants ne supportent les piqûres que quand on ne leur en fait pas...

J'en ai vu des éclopés dans ma vie d'infirmière, mais un gamin tordu dans tous les sens comme ça, jamais !

La chute aurait pu tuer cet élève qui n'en demandait pas tant !

Les deux élèves s'étaient fait porter pâles dans l'unique but de venir me siroter mon alcool à 90°...

Elle ne prenait la pilule (d'ailleurs prescrite par un médecin) qu'après avoir eu un rapport sexuel...

En voulant s'épiler les jambes, elle a glissé de sa chaise et s'est brûlée les cheveux...

Je ne sais comment il s'y est pris pour faire disparaître complètement le thermomètre dans son anus...

Un coton-tige lui était resté coincé dans le dos...

Une double fracture du tibia, c'est pas cher payé pour un emmerdeur comme ça !

Deux élèves ont été surpris en train d'essayer de pénétrer un brancard...

Sans mes lunettes, je ne peux pas voir plus loin que le bout de mes yeux.

Il lui arrivait de faire encore pipi au lit en classe.

Cet enfant passe des nuits blanches où il lui arrive de dormir plus de 12 heures.

Il convient d'enfermer les bouteilles d'éther à clé avec les autres boissons alcoolisées.

Le lancer de poids est un sport nuisible à la santé, surtout quand c'est un autre élève qui le reçoit.

Cet idiot avait sucé le suppositoire par peur de se l'enfiler !

Plusieurs examens sanguinaires n'avaient rien révélé...

Une crise d'appendicite s'était déclarée dans ses intérieurs...

Sa jambe gauche paraît plus courte que son bras droit, ce qui expliquerait un léger boitillement...

Le matin de l'examen, la gamine avait avalé des somnifères au lieu de vitamines...

Si l'hygiène était une matière scolaire, il y aurait 80 % de recalés aux examens !

Xavier saignait du nez par tous les pores de sa peau.

Un plombage de molaire lui a sauté au visage...

L'élève souffrait sans doute d'une crise de foie congénitale...

A force d'avoir sucé sa plaie, il s'en était fait une ennemie.

Un clou rouillé avait pénétré dans son tétanos...

On peut bien sûr se baigner moins de 3 heures après un repas si on ne se mouille pas.

Daltonien, il ne parvient pas à distinguer sa droite de sa gauche.

Le poisson et les œufs fournissent de délicieuses protéines à l'organisme.

Le médecin a conseillé le porc de lunettes...

Le sida a avantageusement remplacé les anciennes maladies vénériennes...

CHAPITRE 13

Les parents s'expliquent avec les profs

Nos enfants sont les parents pauvres du système scolaire...

Madame, je vous ai gardé Christophe hier après-midi. Il m'a renvoyé tout son manger, la merguez ou la purée n'a pas passé, il se plaint de son ventre, pourtant il aime la merguez.

C'est quand il revenait de l'école que son cartable a explosé...

Ma fille a passé l'oral par écrit...

Dès qu'ils rentrent de l'école, mes enfants vomissent toute votre cantine...

De mon temps, à l'école on n'hésitait pas à mettre des claques et ça n'a pas fait des générations de drogués, je peux vous l'assurer !

Ayant des difficultés à retenir,
je suis entièrement d'accord
pour que Delphine travaille aux
heures de classe.

Même moi qui est passé
mon certificat d'études, je ne
comprends rien à vos
histoires de nouvelles
mathématiques où tout est
cul par dessus tête!

*Madame, si Magalie à manquer trois
jour, j'ai eu un oncle qui est mort à
Paris, Je n'avais personne pour me
récupérer ou déposer Magalie à l'école et
mon mari trois mois d'hôpital. J'espère
que cela suffit comme réponse car j'ai
déjà assez du souci comme ça.*

*Si l'école n'était
pas obligatoire,
vous auriez
nettement moins
de clients !*

Merci de ne
pas obliger
mon fils Pierre
à faire de la
gym car je lui
fais une
dispense parce
qu'il n'aime
pas mettre des
shorts...

Mon fils est intelligent comme sa mère et moi, c'est de famille chez nous...

J'ai donné à mon fils une punition bien mérité, voudrais-vous la signé comme ça ça lui fera les pieds. Je ne dois pas dire que papa et maman sont con. je ne dois pas dire que papa et maman sont con. je ne dois pas dire...

Vous employez toujours des grands mots ronflants, éducation physique par exemple, alors que c'est jamais que de la gym...

Madame, mon fils n'est pas venu à l'école parce que ses chaussons était trouait.

A la cantine, les surveillants l'ont obligé à sucer tout les morceaux de la poule.

La première fois que l'instituteur a châtré mon fils pour une bêtise, je n'ai pas réagi. Mais quand il s'est mis à le châtrer tous les jours pour rien du tout, juste parce que sa tête lui revient pas, j'ai décidé prendre le mort aux dents...

Veuillez excuser mon fils Hervé qui n'a pas pu aller à la gym à cause de ses béquilles qui l'empêchaient de rigoler avec les autres...

Si son cartable était moins lourd avec tous les livres que vous leur donner, mon fils ne serait pas toujours en retard le matin.

Non, mais regardez-vous, vous vous dites professeur et vous ne savez même pas prendre ma fille dans le bon sens.

Mon fils n'est pas un menteur et je préfère croire ses mensonges à lui que les vôtres !

Les calculettes c'est des inventions de feignants qui ne savent même plus compter leurs tables de multiplication sur les doigts...

*S*i ma fille pleure en classe, c'est peut-être parce que vos cours sont trop tristes.

*E*xcusez mon fils, il a des excuses...

Monsieur, je voudrais que vous arrêtiez vos cours d'éducation sexuelle, ça monte à la tête de mon fils, il arrête pas de faire des papouilles à sa petite soeur et j'aime pas ça, elle non plus.

Je ne sais pas où vous avez appris à faire la classe mais ça devait pas être beau !

Mon fils n'aime pas sa maîtresse et mon mari non plus...

Je refuse de vous payer l'assurance scolaire pour les petits car moi j'élève mes enfants à la dure et s'ils leurs arrivent quelque chose c'est comme ça qu'ils apprendront que la vie c'est pas une partie de plaisir.

De tous les professeurs de mes enfants, vous êtes le plus gâteux !

Si vous êtes instituteur et que vous ne savez pas faire la classe, alors retournez à l'école !

Si vous continuez à harceler mon fils, j'irai expliquer au ministre de la Culture qui vous êtes vraiment !

Si vous continuez à taper sur mon fils, il va vous faire une crise cardiaque en pleine école et vous aurez gagné !

Demain mon fils sera absent car je pense qu'il sera malade vu que c'est l'examen...

Mon fils sera absent demain pour cause d'absence.

Mon fils s'est endormi en classe pas parce qu'il était trop fatigué d'avoir regardé la télévision jusqu'à deux heures du matin, comme vous lui avez dit, mais parce que vous lui donner trop de travail à la maison avec les leçons à apprendre par coeur et les devoirs à réciter et de toute façon il ne s'est pas couché à deux heures mais à une heure...

Je ne vous autorise pas à dire que mon fils Merlin n'est pas un bon élève parce que c'est pas vrai puisque c'est le garçon le plus gentil du monde et peut-être le plus beau.

Mon fils se réveille tous les matins avec de la tristesse de chien battu dans le regard quand il faut aller à l'école...

Si Jean-Louis a écrit "beaux vins" au lieu de "bovins" dans la dictée, remarquez d'abord qu'il l'a écrit sans faire de faute, ce qui est normal puisque son oncle est viticulteur dans le Midi.

Ma fille s'appelle Véronique et tous les garçons l'embêtent avec des plaisanteries du genre que vous connaissez bien : deux qui la tiennent, trois qui la...

Je ne vous demande pas d'apprendre la politique à mon fils à l'école, on voudrait juste que vous en faisiez un vrai homme comme son père et pareil pour ma fille !

Ma fille n'arrête pas d'être embêtée par des garçons plus grands pendant les récréations qui lui soulèvent ses jupes pour la regarder ou même mettre leurs doigts...

Excusez l'absence de mon fils qui a dû être absent pour la bonne cause...

Mon fils se plaint qu'il n'a pas le droit d'aller faire ses besoins pendant les cours. N'allez pas vous plaindre après ça s'il vous inonde sa culotte !

Ma fille me dit qu'on lui fait du harcèlement sexuel quand elle saute à la gym...

Ne dites pas au père du petit que je lui est fait un mot d'excuse pour qu'il manque la gymnastique car j'aurai encore droit à une scène à la maison vu que son père est militaire de carrière et que pour lui on n'est pas un vrai homme si on n'est pas élever à la dure même quand on est malade. C'est un peu un maniaque de ces trucs-là et il rigole pas avec ça, croyez-moi... Alors s'il vous en parle un jour, s'il vous plaît, taisez-vous !

Ce n'est pas moi le professeur, c'est vous ! Alors ne reprochez pas à mon fils de ne rien foutre à la maison ! Chacun son boulot !

Moi, j'y comprends rien à vos nouvelles notes : quand j'étais petite ça allait de 0 à 10 et maintenant c'est des lettres de l'alphabet... A, B, C, D, pour moi c'est du charabia et je n'arrive pas à savoir si la petite est une cancre ou une bonne élève.

Si ma fille Géraldine est tout le temps en retard à l'école, ce n'est pas à cause de sa mauvaise volonté à elle mais à cause que son réveil ne fait pas assez de bruit pour la réveiller sans qu'elle se rendorme.

Il paraît que vous dites à mon fils que c'est un crétin. Je vous rappelle que c'est mon fils !

Ne touchez plus à ma fille, il y a déjà son père pour ça.

Vous dites que mon fils Luc devrait voir le médecin scolaire parce qu'il ne parle pas assez beaucoup à l'école, mais ce n'est pas une vrai maladie puisque ma fille Gaëlle est un peu comme ça aussi...

Vos cours d'histoire c'est du lavage de cerveau gauchiste !

Quand on ne croit plus à rien, comme vous les profs, c'est difficile de croire à quelque chose !

Votre exercice était tellement évident que personne n'a jamais rien compris.

Ma fille ne sait toujours pas compter et on ne peut pas compter sur vous...

Madame, Jean m'a dit que vous lui avait pris sa règle. S'il n'en a pas l'utilité à l'école, veuillez la lui rendre car trop d'affaires ont disparu de son cartable depuis son arrivé dans votre classe.

Je ne veux pas que vous tapiez mon fils sauf s'il faut vraiment le taper.

CHAPITRE 14

Profs
du monde
entier,
unissez-vous !

Un lycéen de 20 ans, auteur d'un incendie qui a entièrement détruit dimanche l'école de Mailleroncourt-Charette (Haute-Saône), a été interpellé mardi, trahi par les petites culottes de la jeune institutrice qu'il avait volées quelques jours auparavant et qui ont été retrouvées à son domicile.

Sud-Ouest (novembre 1995)

122,5 **millions de francs, c'est ce que réclame un collégien new-yorkais de treize ans. Motif : une enseignante l'a puni en l'obligeant à se déguiser en fille.**

Le Point (juin 1995)

Pour inciter ses élèves de 6 à 11 ans à lire des livres, un principal de collège du nord de Hollywood a passé un étrange marché : celui de manger des vers de terre si, dans une période donnée, chaque élève lisait au moins deux ouvrages.

Le Point (avril 1994)

L'instit roue de coups Emmanuel (9 ans). On a relevé sur l'enfant de multiples ecchymoses. « J'ai perdu patience », a tenté d'expliquer l'éducateur...

Le Parisien (avril 90)

Un élève du collège des Mureaux, âgé de 15 ans, a tenté de faire sauter sa classe. Une petite cartouche de gaz, deux recharges pour briquet, des clous et des boulons : le dispositif aurait pu être efficace, paraît-il. Mis en examen pour tentative d'assassinat, le jeune Ali « justifie son geste par un différend qu'il aurait eu récemment avec son professeur de français pour une banale histoire de crayons de couleur ».

Le Monde (novembre 1995)

Des parents d'élèves d'une école égyptienne ont fait irruption en pleine classe et ont exigé de passer un examen d'anglais à la place de leurs enfants ! Motif de cette intrusion : leurs chers petits, nuls en langue, allaient avoir de mauvaises notes.

Agence France-Presse (mai 1995)

Pour une punition, le potache traîne le proviseur en procès.

Le Parisien (janvier 1999)

Pour une mauvaise note, il tue sa mère.

Le Parisien (janvier 1990)

16 effractions en 16 mois. Les enseignants et les parents d'élèves sont d'autant plus désespérés que l'argent prévu pour la fête de fin d'année a disparu au dernier casse.

France-Soir (décembre 1997)

Il fait tabasser le surveillant du lycée. Vexé d'avoir été morigéné, le lycéen n'a pas hésité à se venger. L'enseignant est à l'hôpital...

Le Parisien (mars 1990)

Dans une classe de terminale de ce lycée de Seine-et-Marne, le cours de philo tourne au strip-tease. N'ayant pu répondre aux devinettes de ses élèves, le prof de philo, 51 ans, effeuille un à un ses vêtements, y compris son immuable nœud papillon, jusqu'à se retrouver en tenue d'Adam.

France-Soir (janvier 1997)

Au Danemark, une femme de 107 ans a reçu un dossier d'inscription pour l'école primaire.

Madame-Figaro (avril 1994)

C'est alors que, selon le témoignage de l'enfant, la directrice de l'école se précipite sur lui et le mord profondément au bras « pour lui faire comprendre qu'il ne faut pas mordre ses petits copains. »

France-Soir (novembre 1997)

Le prof amoureux avait tué l'une de ses élèves.

Le Parisien (mars 1999)

Un couple d'instituteurs d'un quartier populaire de Casablanca vient d'être cité en justice. L'homme sanctionnait ses élèves en leur mordant les joues. La femme avait ordonné à ses camarades de classe d'uriner sur un petit fautif.

L'Événement du Jeudi. (février 1994)

Elle avait insulté, frappé au visage d'un coup de poing et jeté à terre la maîtresse de sa nièce. Motif : l'enseignante avait « osé » réprimander la gamine qui fouillait dans son sac à main.

France-Soir (1998)

Excédé par le retard systématique d'un grand nombre d'élèves, le principal d'un établissement scolaire de Newcastle a procédé à la distribution gratuite de 230 réveils.

InfoMatin (octobre 1995)

Le président du conseil d'administration d'une école du Swaziland, Solomon Kunene, a suscité l'indignation de son village en épousant pour Noël une élève mineure qui est ainsi devenue sa onzième épouse. Les autorités de la région de Hereford ont décidé de démettre le responsable de ses fonctions en estimant qu'il donnait là un « mauvais exemple ».

France-Soir (janvier 1996)

Un arsenal dans les cartables : couteaux, armes à feu, bombes lacrymo, cutters, nunchakus, antivols rigides, on y trouve de tout.

France-Soir (janvier 1997)

Le prof japonais donnait de drôles de punitions dans son école de Tokyo. A deux reprises, il a craché dans la bouche d'un de ses élèves, un jeune garçon de 8 ans.

Le Parisien (mai 1990)

La grande nouveauté, cette année, au collège de Brazey, consiste en l'arrivée de M. Alain Lesobre qui remplace Mme Pinard.

Le Bien Public (septembre 1992)

Deux petites Américaines de 11 ans et 12 ans ont été arrêtées après avoir versé de la mort-aux-rats dans la boisson de l'un de leurs professeurs, un acte apparemment suscité par les mauvaises notes de l'une des enfants.

France-Soir (mai 1996)

Frère Cyril, 56 ans, professeur dans une école de Winchester, en Angleterre, jugé pour huit attentats à la pudeur et outrage aux bonnes moeurs, a dévoilé à l'audience l'étrange rituel qui avait cours au collège.
« Le soir, je surgissais dans le dortoir des garçons en criant: "Attention, je suis le mordeur de fesses furtif ".
Après la bataille de polochons, je leur mordais les fesses. Pour moi, c'est une chose normale. »

France-Soir (avril 1996)

En Angleterre, de plus en plus de professeurs ont recours à la chirurgie esthétique. La raison ? Les élèves, grossiers en classe, se moquent ouvertement de leurs nez disgracieux, de leurs taches de vin sur le visage ou de leurs oreilles décollées. Ainsi, une institutrice de 34 ans, surnommée « Gros jambons », s'est-elle fait faire une liposuccion.

20 Ans (août 1995)

Un prof agressé à coups de boules de neige !

France-Soir (janvier 1997)

Trois lycéennes qui harcelaient au téléphone une enseignante qui avait refusé de laisser passer deux d'entre elles en classe supérieure ont été interpellées...

France-Soir (octobre 1997)

Un père noël devait sauter en parachute pour apporter un sac plein de cadeaux aux 200 enfants d'une école hollandaise. Il était prévu qu'il atterrisse dans la cour où les élèves étaient réunis, mais le vent en a décidé autrement et c'est au sommet d'un arbre qu'il s'est retrouvé perché !

La Voix du Nord (décembre 1995)

Un enfant de 10 ans, qui s'était réveillé trop tard, a préféré emprunter la Mercedes (automatique) de son père, à Berlin, pour se rendre à l'école de peur d'arriver en retard. Il a perdu le contrôle du véhicule en chemin et a terminé sa course contre un poteau !

France-Soir (mars 1995)

Lorsqu'une petite fille vient lui dire en pleurant qu'elle s'est piquée en marchant sur des orties, la directrice lui lance : « On ne pleure pas pour si peu. Je vais te montrer pourquoi on pleure. » Elle fait déchausser l'enfant et la fait marcher dans des ronces.

France-Soir (novembre 1997)

Imprimé en France sur Presse Offset par

BRODARD & TAUPIN

GROUPE CPI

La Flèche (Sarthe).
Nº d'imprimeur : 17392 – Dépôt légal Éditeur 32192-02/2003
Édition 2
LIBRAIRIE GÉNÉRALE FRANÇAISE - 43, quai de Grenelle - 75015 Paris.

ISBN : 2 - 253 - 15341 - 9   ✦ 31/5341/8